衛斯理系列 少年版

老貓

上

作者：衛斯理

文字整理：耿啟文

繪畫：余遠鍠

老少咸宜的新作

　　寫了幾十年的小說，從來沒想過讀者的年齡層，直到出版社提出可以有少年版，才猛然省起，讀者年齡不同，對文字的理解和接受能力，也有所不同，確然可以將少年作特定對象而寫作。然本人年邁力衰，且不是所長，就由出版社籌劃。經蘇惠良老總精心處理，少年版面世。讀畢，大是嘆服，豈止少年，直頭老少咸宜，舊文新生，妙不可言，樂為之序。

倪匡　2018.10.11　香港

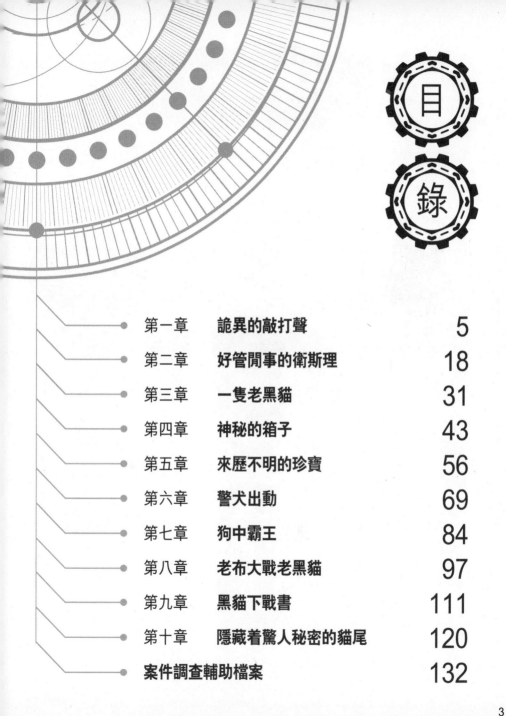

目錄

主要登場角色

張老頭

老黑貓

老布

衛斯理

狗癡朋友老陳

老湯

傑美

第一章

詭異的
敲打聲

　　衛斯理這個名字大家或許不會陌生，我是一個好奇心極強，喜歡冒險的人，多年來目睹不少奇人奇事，經歷許多奇幻歷險。

　　近年愛貓的人愈來愈多，不少人更以**貓奴**自居，令我想起一件與貓有關的奇異事件。

　　這故事要從一個獨居於唐樓，名字叫李同的男人講起。他是那種非常膽小，卻又十分沉迷鬼故事的人。

　　某夜，他伏在牀上看鬼故書，恰巧讀到厲鬼敲門的情節時，忽然聽到「砰砰砰」的敲打聲！

　　李同當場嚇了一跳，連忙把手中的鬼故書丟到地上，鑽進被子裏瑟瑟發抖了一整夜。

　　第二天，他的同事們得出這樣的結論：「你一定是鬼故書看得太多了，所以產生幻聽。」

　　於是，李同忍痛把所有鬼故書丟掉，不敢再看。他甚至拿起一本童話故事集來閱讀，希望以童話塞滿腦袋，令自己不再想起那些鬼怪故事情節。

　　怎料，當他讀到三隻小豬遇到大灰狼來敲門的時候，「砰砰砰」的敲打聲再次響起來，嚇得李同又鑽進被子裏失眠了一夜。

到了第三天晚上，李同什麼都不敢看，什麼都不敢想，直接躺在牀上就睡。可是才一上床，敲打聲又響起來了。

這次他聽得很清楚，聲音是從**樓上**傳來的，而且好像是敲釘的聲音。

這樣李同就沒那麼害怕了，因為他不認為鬼怪需要敲釘，敲釘的自然是人類。

但晚上這個時候來敲釘，着實也太過份了。李同要上去跟對方 理論 ，可是才下牀穿了拖鞋，看到鏡子中自己那副瘦弱的身軀時，就馬上卻步了。

加上每一下沉重的敲釘聲，都令他幻想到樓上那位陌生鄰居的模樣——一個孔武有力、上身赤膊的壯漢，拿着一把沉重的鎚子在敲着釘。

這個時候去跟對方理論是很不明智的。於是李同對自己說：「人家在裝修吧，一場鄰居，應該互相忍讓的。而且都敲了好幾天了，應該很快就會完結吧。」李同決定忍上幾天。

可是自那天起，樓上的敲釘聲幾乎沒有中斷過，甚至更**變本加厲**，每天晚上、早上，甚至假期的中午，總在不斷敲着釘子。大廈的建築本來就十分單薄，樓上每一下敲打聲，就像是鎚子敲在李同的頭上一樣，弄得李同**神經**衰弱。

而今天晚上，就在李同疲倦透頂，極之渴睡的時候，樓上又「**砰砰砰**」地敲起釘來。李同實在忍無可忍了，於是抱着拚死的決心，帶上家裏的鎚子，上樓去跟對方講個明白。

他來到樓上那家人的門前，突然又害怕起來，畢竟他沒見過這位鄰居，腦海裏那個孔武有力的壯漢形象又再浮現。

李同 **戰戰兢兢** 地按了一下門鈴。沒多久，一個老頭子開門，探出頭來，望着李同。

看見對方只是個溫文的老頭子，李同立時回復自信，厲聲道：「**你家裏究竟死了多少人？**」

那老頭對這問題感到莫名其妙，呆呆地回答：「這裏只有我一個住啊。」

李同聽到對方是獨居的，自信心繼續攀升，惡狠狠地道：「**你每天砰砰砰地敲釘子，在釘棺材麼？**」

那老頭「哦」地一聲，臉上堆滿了歉意：「原來是這樣，對不起，真對不起！」

李同得勢不饒人，揚起手上的鎚子說：「**我就住在樓下，剛準備睡覺，如果你還需要敲釘子的話，我可以來幫你一起敲完再睡！**」

李同一面說，一面晃着手中的鎚子，充滿***威嚇***的意味。

那老者現出一種無可奈何的苦笑來，不住說：「對不起，對不起，我明白了。」

李同憤然**轉身**，回到自己的住所，樓上的敲釘聲果然不敢繼續，李同終於可以倒頭大睡了。

第二天恰好是假日，李同難得一覺睡到中午，卻又被「**砰砰砰**」的敲打聲吵醒。

但這次的敲打聲是從大門傳來的。半夢半醒的李同憤然走向大門，要看看到底是誰在外面。

怎料門一開，便看見住樓上的那個老頭子，而且身邊還多了兩名壯漢。

李同「**哇**」的一聲趕快把門關上，心裏想，昨天自己的態度是有點過火，如今人家找兩個壯漢來報復了，**怎麼辦？**

李同十分**驚恐**，正想卑躬屈膝向對方道歉求情的時候，門外的老頭子卻快一步說：「噢，對不起。我要搬家了，剛剛搬箱子不小心撞到你的家門，真是對不起啊。」

聽到老頭子的話，李同感到很意外，立刻打開門看看。那兩個壯漢原來是搬運工人，正在幫老頭子搬一個箱子。

那個木箱子**殘舊**得像古董一樣，雖然體積不大，但是兩個搬運工人看起來抬得十分吃力。

老頭子對箱子非常着緊，不斷指示工人平穩地搬運。

「你要搬家了？」李同**詭異**地問。

老頭子溫文地說：「是啊，我要搬家了，吵了你很久，真不好意思。」

這時敲門聲仍然響個不停，正確點來說也不像敲門聲，而是撞門聲，好像要把門撞開一樣。

李同禁不住好奇：「你每天不停 **敲打**，究竟是在做什麼？」

老頭子沒有回答，只是不停吩咐那兩個搬運工人小心抬那箱子，直到箱子上了貨車，老頭子親自用繩把箱子綁好，才鬆了**一大口氣**。

李同總覺得這老頭子十分古怪，怎會在毫無徵兆之下突然搬家？每天不停敲打，到底是在做什麼？而那個殘舊的箱子更好像藏着什麼**重大秘密**似的。

不過管他的，難得這個麻煩鄰居自願搬走，李同以後可以好好睡覺了。

誰知，老頭子搬走後的當晚，雖然沒有了敲打聲，但寂靜的夜裏卻 傳 來 陣陣**惡臭**，令李同難以入睡。

氣味似乎是從樓上傳來的，是死老鼠嗎？還是糞渠爆裂？但無論是哪一個情況，不立刻處理的話，都只會愈來愈臭。

　　所以，李同忍不住到樓上看看。**臭味**愈 **來** 愈 **烈**，跟他估計的沒錯，惡臭是從老頭子的單位傳出來的。可是，老頭子已經搬走，裏面無論發生什麼情況，也無人處理。

　　李同正想着該找哪個政府部門來處理的時候，卻發現老頭子原來沒把門鎖好，於是便推門進去看看。循着惡臭氣味去尋找，來到房子的一個角落裏，那位置的樓下剛好對着李同的大牀，難怪剛才惡臭味如此**猛烈**。

李同看見那裏地上有一堆報紙，便翻開一層層報紙查看，竟發現報紙之下有一副血淋淋的內臟，驚訝得高呼大叫：「哇！血案啊！」

第二章

好管閒事的 衛斯理

「你們知道那是誰的內臟嗎？」負責此案

的警員傑美剛好是我的朋友，他在朋友聚會

中**故作**神秘地問。

「某某富豪的？」

「明星的？」

「黑幫分子的？」

大家熱烈地猜謎，但傑美都搖搖頭說：

「不是！」

這時候竟然有人提到我的名

字：「**衛斯理?**」

我立刻不滿地叫起來：「什麼？我的內臟？」

「不，我是叫你猜。」那人説。

我看了一下傑美的頭髮狀況，只是輕微

鬈曲，於是回答道：「那內臟不屬於人

類的。」

傑美驚訝不已：「**你怎麼知道的？**」

「如果是人的內臟，那就是非常重大的案

件了，新聞不會沒報導，而且你的頭髮也必然

會鬈曲得像被**炸**過一樣。」説着，我不禁笑了起來。

傑美是我的朋友，他十分有趣，頭髮自然鬈曲，故花

名叫**鬈毛**。平時看上去還算正常，但每當遇到煩惱的

事，頭髮就會自行鬈曲得更厲害，相當滑稽。

「那你知道是什麼動物嗎？」傑美不服氣

地追問。

「貓。」我說。

「你又是怎麼知道的？」傑美驚訝得張大了口。

「聚會剛開始的時候，你問我們誰有養貓，那個問題問得太突然了，所以我認為那一定跟其他什麼事情有**關連**。」

「不愧是衛斯理。」傑美徹底認輸了。

的確，經警察化驗後，李同在老頭子家裏發現的內臟，並不屬於人類，而是一副貓的內臟。

「把老頭子拘捕了嗎？」有人問。

「我們盤問過他，他眼神**閃**縮，有點可疑，不過卻矢口否認內臟跟他有關。他還聲稱什麼都不知道，也從沒見過那內臟，說不定是他搬走後，別人放進去的。」傑美説。

「就這樣放過他嗎？」

「沒辦法，我們確實沒有證據。」傑美無可奈何地說：「既然門沒鎖，李同能進入，其他人也一樣能進入。說不定真的是有人故意放內臟**恐嚇**他，或者發洩不滿，畢竟他天天發出噪音，可能結下了不少仇怨，甚至連李同也有嫌疑呢。」

大家似乎對此案很感興趣，紛紛幫傑美拆解案情。

「那老頭子一定是個 **愛吃貓肉** 的人，他宰了一隻貓，吃了貓肉，便剩下貓內臟了。」有人忖測道。

雖然這是最直接的推斷，但不少人立刻露出一副厭惡噁心的臉容。

「不會吧。」

「太噁心了。」

有人提出另一個猜想：「我覺得他是個討厭貓的 **殺貓屠夫**。」

　　這個想法得到不少人附和，「對對對，就是有這種人，非常討厭貓狗，常常故意在路邊放毒藥殺貓狗的。」

　　「但連內臟也挖出來，這麼 *兇殘* 的，還是第一次聽聞。」

　　「衛斯理？」突然又有人提我的名字。

　　「怎麼了？你們覺得我有這麼兇殘嗎？」我抗議道。

　　「不，我們是問你的想法，你覺得這是什麼一回事？」

　　我忍不住笑了笑，故意揶揄他們：「我覺得你們的想像力太 薄弱 了，我至少可以想出一百種可能。」

「不是吧？」有人馬上質疑，「説來聽聽。」

「例如老頭子可能是個毒販，他挖空貓的內臟準備用貓的軀殼來運毒。」

看他們詫異的表情，就知道他們從沒想過這個可能。

「還有呢？」有人禁不住好奇追問。

「或者他是一個愛好製作標本的 狂熱分子。」

大家都點點頭，覺得這個推斷也很合理。

「請繼續。」

「他也可能是個**半桶水**的無牌獸醫。」

他們開始露出佩服的神情了，我也樂此不疲地繼續邊

想邊說：「說不定挖出貓內臟是某種**邪教**的祭祀儀式。」

「他也可能是個隱居民間的基因生物學家，正在研究

基因**複製**動物內臟。」

「當然，他也可以是個物理學家，每天敲釘就是在做一個薛定諤貓實驗的盒子。哈哈……」

説到這裏，我自己也忍不住笑出來，因為要我在這麼短的時間內説出一百種可能，難度實在有點高，我也承認自己開始隨便 **胡説** 起來了。

「還有九十四個可能性啊。」居然有人真的為我算着，催促我繼續説。

「**求你別再説了！**」幸好傑美一聲慘叫，為我解圍。

我們望向傑美，發現他的頭髮已鬈曲得像爆炸頭一樣，大家既同情又忍俊不禁，顯然是我説的話令到他頭昏腦脹，十分煩惱。

「那本來只是一宗動物內臟發現案，怎麼被你一説，好像能牽涉過百宗大案一樣，教我怎麼辦啊？碰巧我手上還有許多其他重要案件要查呢。」傑美苦着臉向我**哭訴**。

「可以把那老頭子的新居地址給我嗎？」我忽然問。

傑美頓時雙眼 發亮：「衛斯理，你的好奇心被勾起來了？」

我就是這樣一個好管閒事的人，好奇心一旦被勾起，便無論如何也要尋根究柢，找出真相。

我對傑美笑了笑，傑美明白我的想法，便悄悄把那老頭子的新居地址告訴了我。

「那拜託你了。」傑美鬆一口氣，頭髮也 回順 了不少。

好奇心 驅使我半夜也跟着地址去看看那個老頭。傑美說那老頭子姓張，而據李同的口供，張老頭經常半夜三更還在 敲釘，擾人清夢。這個時候去見他，說不定正好可以知道他在幹什麼。

我來到張老頭的新居，是一棟中下級大廈的十六樓F室單位。

我才一出電梯，就發現張老頭的單位門外聚了不少人，並傳來激烈的吵架聲。

其中一名壯漢一面踢張老頭的鐵閘，一面罵：「**一天到晚不停敲釘子，從早到晚，聲音沒停過，簡直是神經病！王八蛋！**」

一位老者半打開着木門說：「先生，請你說話客氣一點！」

「**客氣你個屁！**」

那壯漢怒不可遏，「你要怎樣才能學會安靜？要不要我教教你？」

我見群情洶湧，快要鬧出事了，便馬上跑過去說：

「我來了！
是誰報案的？」

雖然我沒說自己是警察，也沒有出示證件，但大家都把我當成警察了，紛紛向我投訴，指控那老頭子製造噪音，擾人清夢。

「好的好的，我會處理。你們是誰報案的？等會跟我一起回去錄口供。」

此話一出，大家都作**鳥 獸** 散。

張老頭也想趁機把木門關上，幸好我及時伸手撐着，「張老先生，我們接到投訴，說你在半夜之後仍然發出 **＼噪音／**，所以我一定要進來看看。」

　　「對不起，我保證再不會吵人的了。」張老頭誠懇地道歉。

　　但我笑了笑說：「怎麼保證？明天又立即搬家嗎？」

　　張老頭一時**語塞**。

　　我向他釋出善意：「你是不是遇到什麼解決不了的麻煩？我可以幫你的。」

　　「不用了。」就在張老頭揚揚手婉拒的時候，我發現他的手竟沾滿了**鮮血**！

第三章

一隻老黑貓

「你在幹什麼？為什麼你的手沾滿了血？」我冷靜地質問張老頭。

他有點**結**結**巴**巴：「那……不是人血。」

「那麼是什麼血？貓血嗎？你又在殺貓？」

在我的逼問下，張老頭顯得驚惶失措。

可是當我以為很快能逼問出真相的時候，他卻出其不意地把木門關上了。

我呆了半晌才懂得去按門鈴，可是門鈴**響**了又**響**，張老頭卻始終不再出來應門。

那只能怪我太失策，居然**冷不防**讓他關了門，現在他是無論如何也不願意開門的了。

我本來氣憤得想立刻闖進屋裏救貓的。可是，冷靜判斷過後，我認為剛才群眾在他門外擾攘了那麼久，也沒聽到貓的慘叫聲和掙扎聲的話，即使張老頭真的在殺貓，相信那貓也**早已死了**，現在也來不及救。

雖然我要硬闖進去也是非常簡單的事，但如今張老頭已有了戒心，一定會迅速把所有更嚴重的罪證和秘密**毀掉**，結果至多只能控告他殺害貓狗，但我卻是犯了冒警及擅闖民居罪，實在划不來。

為了查明整件怪事的真相，我決定暫時撤退，等老頭子防備鬆懈的時候再來查。

張老頭真是個**睡眠**。他不但騷擾鄰居入睡，也令我回家後徹夜難眠。當然，我不是聽到他那煩人的敲打聲，而是張老頭這案子的各種疑團在我腦海中**縈繞不散**，勾起了我的好奇心，使我很想立刻知道真相。

第二天早上，我急不及待又來到那棟大廈，坐電梯上十六樓。我剛想去按張老頭家的門鈴時，忽然聽到屋內傳出開門的聲響，我立刻**閃**身躲到樓梯口去。

張老頭打開鐵閘走了出來，原來他剛好要出門，脅下還挾着一個鑲着羅甸玉的**古老**烏木小箱子。

他在鐵閘上加了一柄很大的鎖，臨走的時候又用手拉了拉那柄鎖，確定鎖上了，才安心離開。可是他不知道，這種鎖我只消一分鐘就能打開了。

　　我沒有出聲，更沒有現身，因為等他離開之後，我就可以弄開門鎖，到屋子裏看個究竟了。雖然這跟法律有所抵觸，但我絕無惡意，只是想幫警方**查出**🔍**真**🔍**相**而已。

　　張老頭坐電梯下樓後，我便⚡身出來，只花了一分鐘就打開了那柄大鎖，然後又各花了半分鐘弄開了鐵閘和木門的門鎖，成功走進張老頭的屋子裏。

一進門，我就被靠窗放着的一口大箱子吸引住。那箱子**古老**而精緻，相信就是李同口供裏所説，張老頭上次搬家時，囑咐搬運工人小心抬運的那個箱子了。

我正想上前細看那個箱子的時候，突然感覺到背後有人向我**疾撲**過來。我立即轉身，發現那向我撲來的東西並不是人，而是**一團相當大的黑影**，而且速度快得驚人。在危急之下，我還未看清對方是什麼，便先用力打出一拳。

那一拳正打在那東西上，只覺得軟綿綿、毛茸茸的，接着發出「喵」的一聲怪叫，那東西已被我打得凌空**跌**了出去。我心裏不禁大叫：「**糟了！我打中了一隻貓！**」

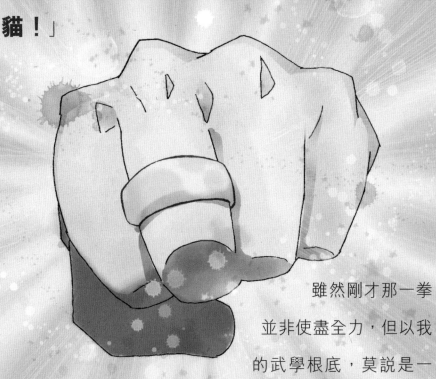

雖然剛才那一拳並非使盡全力，但以我的武學根底，莫説是一隻貓，就算是一頭狼，也抵受不住我剛才那一拳。

我本是來調查殺貓案的，沒想到自己也變成了**殺貓兇手**，我該怎麼辦？

可是我定睛一看，發現那貓不但沒
有被我打死，而且還弓起了背，豎起了
尾，全身的毛都聳了起來，一雙
碧綠的眼睛望定了我，在發出可怕的叫聲。

相反，我的手臂突然感到一陣 *涼意*，原來我的衣袖剛才被那老黑貓的貓爪抓下了一大幅。

我從來未曾見過那樣的大黑貓，牠不但大、**烏黑**，而且神態猙獰，叫聲可怕，那雙碧綠的眼睛更使人心寒。

我未曾料到張老頭的家中，竟然有這樣一頭惡貓，如今我跟此貓正互相 盯 👁 着對方，僵持不下。我必須先對付了這老貓，才可有進一步行動。

我快速掃視四周，看看牠的 籠子 在哪裏，可是並沒有發現任何籠子。我又試着尋找給貓玩的玩具，但同樣是一件也沒找到。我唯一能找到的，就是一包非常高級的貴價貓糧。真料不到張老頭竟如此捨得花費，難道他是個貓🐈癡？可他不也是個殺貓兇手嗎？

　　我抓起了一把乾貓糧，嘗試討好這頭老黑貓。可是我才向前踏出兩步，牠就向我**疾撲**過來，四隻腳掌伸出了白森森的利爪，我發誓從沒見過那麼尖長鋒利的貓爪，那得生長多少年才有這個長度啊！

　　牠還張開了血盆大口，露出兩排白森森的**利齒**，向我襲來！

我連忙將手裏的乾貓糧一把撒向牠，緩住牠的衝勢，然後信手掄起旁邊一張椅子，對準了牠，用力砸了過去。

「**砰**」地一聲響，那張椅子正砸在老黑貓身上，牠發出令人牙齦發痠的怪叫聲，身子向後直**翻**了出去，撞在牆上，然後痛得「**颼**」地竄進廁所裏去。

我迅速關上廁所的門，把老黑貓困在裏面。

我跟老黑貓的決鬥暫時算是小勝一仗，不過贏在帶點幸運，若不是身旁剛好有一張椅子，恐怕我全身上下都已經被老黑貓的尖爪和利齒劃出了幾十道**血痕**了。

我驚魂甫定，才記起自己此行的目的，立刻趁機走向那大箱子，發現箱子並沒有上鎖，便揭開來看看，一看就不禁呆住了。

箱子中放着的東西，我從來也沒見過，那好像是一隻八角形的盤，而每一邊約有兩吋長，看起來像是**古銅**。

那八角形的盤，一半是密密麻麻釘滿了一種黝黑的細小釘子；但另一半卻完全是空的，上面有很多縱橫交錯的線條，好像是**刻痕**。

　　這是一件什麼東西，我完全無法想像。正當我伸手拿

起那個八角形的盤，想仔細看看之際，突然門口傳來了聲

響，外面有人在開鎖，**那顯然是張老頭回來了！**

第四章

神秘 的 箱子

　　原來我跟老黑貓的糾纏耽誤了不少時間，如今難得調查有少許成果，張老頭卻回來了。

　　我連忙合上了箱蓋，躲到廚房的門後。這時大門已經推開，張老頭走了進來，他的脅下仍然挾着那個小箱子。

　　他直向前走，經過廚房門口，我正擔心他會不會轉進廚房來，幸好他連望也不望一下，便逕自走過了。

我躡手躡腳地走了出去，冒險跟在他後面。

說到躲藏和跟蹤的功夫，我自問技術高超、經驗豐富。人的視野角度是有限的，背後有很大片**盲區**，而我可以不斷跟隨着對方的盲點移動，只要避開鏡子之類的**反光體**，並且壓抑着呼吸與腳步，不作太大聲響的話，我深信張老頭難以發現我。

如果你在場看到的話，定必覺得這情景非常荒誕滑稽，因為我一直就跟在張老頭的背後，但他卻完全不知道背後有人存在。

張老頭走到那個大箱子前，揭起了箱蓋，將那小箱子放了進去，放在那八角形的盤子上，整個過程我都看得**一清二楚**。

我不斷跟隨着他的盲點躲藏起來，希望盡量逗留在屋內久一點，能多觀察些線索。

「你在哪啊？」

我被張老頭忽然說話**嚇了一跳**，以為他已發現了我，但很快我就意識到他是在跟那老黑貓說話。

雖然跟寵物說話是很平常的事，但細心想想張老頭的用詞和態度，我總覺得有點古怪，因為他沒有喊老黑貓的名字。

每隻寵物總會有自己的名字，主人不論是跟牠說話，給牠指令，或只是呼喚牠，也定必會先喊牠的名字。因為寵物對自己的名字是最**敏感**的，喊牠的名字，牠才知道你在呼喚牠。

然而張老頭卻直接說：「**你在哪啊？**」感覺像跟家人朋友說話多於對寵物。

老黑貓回應了一聲，但由於被困在廁所裏，所以**聲音很**小。

「**什麼？我聽不清。**」張老頭側着耳說。

張老頭的話又令我吃驚了，一個人即使跟寵物說話，也不會對寵物說「我聽不清」的，因為就算寵物的聲音再大再清，你也聽不懂牠說什麼啊。

所以我認為張老頭要麼是一個神經病，要麼是一個很有幽默感的人，要麼就是他真的能聽懂貓語了。

這時候老黑貓又叫了幾聲。

聲音雖小，但仍能聽出貓叫聲是從廁所傳出來的。

張老頭一邊走向廁所，一邊說：「你説什麼？」

只要張老頭一打開廁所的門，那老黑貓必定會向我撲來的，到時我就無所遁形了。所以我要趁着張老頭步向廁所之際，迅速往大門**逃**出去。

怎料老黑貓又叫了一聲，這次聲音非常響亮清晰，我正想轉身離開的時候，張老頭竟突然回過頭來，看見了我。

根據我豐富的*跟**蹤*和躲藏

經驗，張老頭這舉動不合情理，近乎

是不可能的。當時他正在找老黑貓，

老黑貓的叫聲非常清楚是從廁所傳

出來的，而張老頭亦正步往廁所

去看看。在這樣的情況下，他背後

毫無動靜，我也尚未踏出腳步

逃走，張老頭因何原由會忽然

停住腳步不走去廁所，反

而回過頭來發現了我？

我實在想不通。

此刻張老頭與我正驚呆地對視着，我嘗試打開話匣子緩和氣氛。

「嗨，張老先生，我們又見面了。」

張老頭沉着臉喝道：「**你偷進我屋來，是什麼意思？**」

我微笑着説：「張老伯，請你原諒我，我是一個好奇心十分強烈的人，而你的行為舉動卻**怪誕詭異**得超乎情理之外，所以我忍不住要來查看一下。」

張老頭發起怒來：「你有什麼權利**擅闖**我家裏查我的事？就因為你是警察嗎？」

「實不相瞞，其實我也不是警察。」我覺得事到如今有必要向他坦白。

張老頭的反應其實也在我意料之內，他**憤怒**得拿起掃帚要把我趕走，「**滾！你給我滾出去！**」

「別激動。我知道你一定是遇到了什麼困難的事。我留一張名片給你，當你需要我幫助的時候，你打電話給我，好嗎？」

我把一張名片放在桌上，他看了一眼，意外地說：「你是衛斯理？」

「對，你應該知道，我擅於幫人解決難題。」我心裏暗喜，因為我知道這張名片已經多少產生一些作用了。

「有需要的話，隨時可以找我。」我不想被他的掃帚趕走，所以選擇在這個時刻瀟灑地轉身離去。

回到家裏，我把張老頭的事向妻子白素講述了一遍，她也覺得事情有點**詭異**。

「那你打算怎麼查？」白素問我。

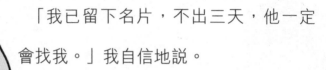

「我已留下名片，不出三天，他一定會找我。」我自信地說。

第一天，我一面等着張老頭的電話，一面上網搜尋關於那老黑貓的資料，可是花了大半

天也找不到一個品種能跟牠的外形、脾性和兇猛程度相吻合的。而這天張老頭亦沒有給我電話。

到了第二天，我依然滿懷**自信**地等着張老頭的電話。為了打發時間，我又上網搜尋資料，

這次不是查貓的資料，而是查張老頭那個八角形的盤子。

可也是花了大半天，沒找到半個雷同的東西。而張老頭仍舊不給我電話。

第三天，電話還是沒響，我心情有點低落。一般在這種時候，白素都會體貼地開解我的，可是白素今天不知道去了哪裏，整天都沒見過她的。我終於忍不住給她打電話，

怎料鈴聲　馬上在我的背後響起。

「她把手機遺留在家裏嗎？」我心裏想。

不過當我回頭一看，便發現她並沒有遺留手機，因為她本人

就在我的背後，我被她嚇了一跳，「**白素，你什麼時候在這裏的？**」

她竟接了我的來電，對着手機回答我：「我一直都在。」

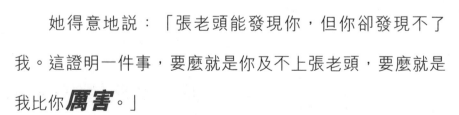

我恍然大悟，她是摹做我躲藏在張老頭背後盲區的玩意，白素的功夫本來就不在我之下，我當然難以察覺。

她得意地說：「張老頭能發現你，但你卻發現不了我。這證明一件事，要麼就是你及不上張老頭，要麼就是我比你*厲害*。」

「我可以肯定，是你比我厲害。」我也故意對着手機微笑回答。

我很感激白素故意跟我開玩笑來開解我。

而她的話更忽然令我靈機一動。當日張老頭能發現我，絕對不是因為他的能力，也不是因為巧合。當時老黑貓恰巧叫了一聲，張老頭便馬上轉身望向我了。雖然有點**匪夷所思**，但我頗相信是老黑貓告訴張老頭有人在屋裏的。

此刻我的好奇心又加深了一重，實在等不及張老頭給我電話了，我決定**硬**着頭皮親自再去拜訪張老頭一次。

來到張老頭的家門外，我用力按門鈴。誰又會料到，應門的是一個抱着白貓的少年！我詫異得目瞪口呆，黑貓竟變成白貓，老頭變成了少年，**那到底是怎麼一回事啊？**

第五章 來歷不明的珍寶

「可以告訴我發生了什麼事嗎，張先生？」我**驚訝不已**地問。

那少年呆呆地說：「你找那個張老伯嗎？他剛搬走了。」

我聞言呆在當場，然後不禁大笑起來，因為覺得自己實在太笨了，居然以為張老頭和那老黑貓遇上什麼**奇幻**的經歷，變異成眼前的少年和白貓，誰知這少年只是新住客而已。

「你知道張老伯搬到哪裏去嗎？」我問。

「不知道。」少年 *冷冷* 地回答，然後抱着白貓關門
回到屋裏去。

我馬上就笑不出來了，因為我和張老頭之間的聯繫就此

斷　開。我嘗試過調查他的新居地址，可是沒有結果。

經過多次因噪音問題而搬家，我估計張
老頭這次可能會搬到一個噪音影響不
了別人的地方，也就是一個沒有鄰
居的偏遠地方了。這樣使我更難
查出些什麼來，我不得不放棄追
查。

接着的日子，好奇心**折磨**得
我天天睡不了覺。我的情況比李同痛
苦百倍，李同只是被張老頭的敲打聲吵得無

法入睡，只要聲音沒了就沒事。可憐我卻是被種種 疑團
所困惑，張老頭愈是離去，我愈是無法解開當中的謎，難
以安睡。

為了分散注意力，使自己不再去想
張老頭的事，我開始參與各種聚會和
活動。

以往別人邀我去聚會，我十之八
九都推卻，理由是我寧願花時間去探究
那些有趣的奇人怪事。可是如
今，別人邀我，我十之八九都馬上赴
約，理由剛好 **相反**，我不希望再想
起關於張老頭和那老黑貓的怪事。

時間像一塊橡皮擦，我的方法漸
漸奏效，過了十天八天，我已經完全
淡忘他們的事了。

直到有一天，我的一位 $\boxed{\text{暴發戶}}$ 朋友邀我去鑒定一件宋瓷，雖然我在古董方面不算是個專家，但也二話不說就答應了。

到了那家古董店，我才知道那暴發戶朋友另外還約了好幾個真正的古瓷專家來，我們一起坐在古董店老闆的**豪華**辦公室中，暴發戶財大氣粗地說：「老闆，快拿出來，給大家看看，只要是真貨，**價錢再貴我都買！**」

老闆笑着說：「我已經鑒定過了，照我看來，那是真貨。」

一個專家道：「真正的宋瓷很少，藏家也不肯輕易賣出來，你是從哪裏得來的？」

老闆走到保險箱前：「是一個老人託我代售，這種東西，**賣一個少一個了！**」

　　他打開保險箱，取出一個小小的箱子。一看到那小箱子，我便不禁呆了一呆。

　　因為那箱子我是見過的，在我偷進張老頭家中的那次，他就挾着這樣的小箱子匆匆出門，然後又挾着它回來，將小箱子放進大箱子中。

　　難道，託古董店代售如此名貴瓷器的人，就是張老頭？

　　可是張老頭生活簡樸，住在中下級的大廈，怎會有這樣值錢的東西而不早早出售？而且，這種類似的箱子，雖然並不常見，但也非張老頭獨有的吧。

　　可恨的是，我千辛萬苦終於把張老頭的事忘記，現在卻因為看到一個小木箱而前功盡廢了。

　　老闆打開了箱子，裏面是一對白瓷花瓶，瓷質晶瑩剔透，簡直不像是瓷，像是白玉！

老闆小心翼翼地拿起了其中一隻，交給了身邊的一位專家，那專家一面看，一面發出 **讚嘆聲** 來，又遞給了身邊的另一人。

等到我們把一對白瓷花瓶都看了一遍，暴發戶 **急不及待** 地問：「你們大家説呢？怎麼樣？」

一位專家興奮地説：「我可以用我的名譽保證，這是真正的宋瓷！」

另一位專家意志更 **堅**：「我可以用我的人頭擔保，這不可能是假的，絕對不可能！」

大家都爭着拿身家性命財產來保證這宋瓷是真的。最後暴發戶問我：「衛斯理，你説呢？」

我笑了笑說：「我沒有什麼可以拿來保證，不過我非常認同這幾位專家的說法。」

暴發戶**樂不可支**，立刻掏出支票簿，付了相當於一棟花園洋房的價錢買下這對宋瓷花瓶。

「你們來我家吃飯吧！我還有幾樣東西，要請各位看看。」

暴發戶**滿心歡喜**地拉着我們離開古董店去他家作客，使我連跟古董店老闆聊一句的機會也沒有，無法問他委託代售宋瓷的老頭是否姓張。

我們一行到了暴發戶的豪宅，先在他特設的古董間裏，看他在半年內買進來的古董。看了一會，僕人來說可以吃飯了，才一起離去。

暴發戶走在最後關門，就在他已將門拉到一半之際，忽然之間，也不知從什麼地方**竄**來了一隻大黑貓，那隻

大黑貓的來勢極快，在我的腳邊竄過，「**刷**」地一聲，就從門中，穿進了古董間。

我們還以為那是他養的貓，怎料暴發戶怒喝道：「**誰養的貓？**」

他那一句話才出口，就聽到古董間內傳出瓷器的碎裂聲，一時之間，人人面面相覷，目瞪口呆。

「看看打碎了什麼！」我忙道。

　　暴發戶這才如夢初醒，連忙推開了門，五六個人一起擁在門口，向內探看。

　　只見那大黑貓伏在窗前縮成**一團**，全身烏亮的毛根根聳起，一雙眼睛閃着**綠黝黝**的異樣光采。

　　我一看清楚那隻大黑貓，就馬上驚呆住了。雖然世上黑貓不知有幾千幾萬隻，但是這一隻黑貓，我卻可以斷定，是張老頭那一隻。

　　這時，暴發戶忽然慘叫一聲，奔進了古董間，來到古董櫥前面，停了下來，而其他人都不約而同地哀嘆。

65

原來古董櫥的玻璃 **破碎** 了，放在裏面的其他東西都完好無損，唯獨是那一對新買的瓷瓶卻已經碎裂了！

暴發戶臉色鐵青，雙手握着拳，看樣子好像要撲上去把黑貓 **撕 開** 🐈 **兩** 🐈 **邊** 一樣。

我連忙勸道：「**別惹那頭貓！**」

可是已經太遲了，暴發戶已經惡狠狠地奔向那頭黑貓，並伸手想抓住牠。黑貓發出一聲怪叫，身子聳了起來，身影極快地

一 閃 而 過，

　　　　　　　　　　連我也未曾看清楚是

怎麼一回事，暴發戶已經大聲慘叫起來。

　　那頭老黑貓一溜煙似的竄了出去，而暴發戶的雙手

摀住了臉，**血**自他的指縫中流出來。我們也嚇得**面無血**

色，慌忙把他送到醫院去。

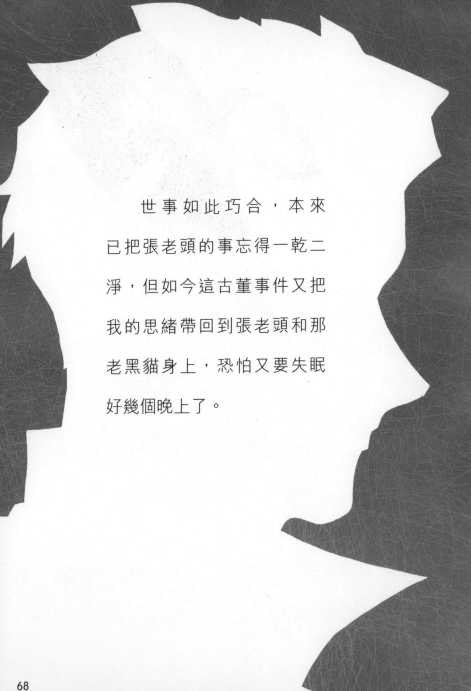

世事如此巧合，本來已把張老頭的事忘得一乾二淨，但如今這古董事件又把我的思緒帶回到張老頭和那老黑貓身上，恐怕又要失眠好幾個晚上了。

第六章

警犬 出 動

暴發戶仍在貴族  裏療傷休養的期間，我打了一通電話給古董店老闆。

「衛先生，有何指教？」古董店老闆問。

「我想知道那一對宋瓷花瓶的來源。」

老闆呆了一呆，「對不起，我不能告訴你。」

我加重語氣：「**你一定要告訴我**，事實上，我受警方的委託調查這件事。」

老闆顯得很慌張，解釋道：「我不是不肯告訴你它的來源，而是我自己也不清楚。」

「不是一個老頭託你代售的嗎？」

「對，他把花瓶放在我這裏寄賣，我只不過抽了一點佣金，他剛剛已經收了錢**走 了**。」

「那個人是什麼樣子？叫什麼名字？」我追問。

「他年紀很大了，看來很普通，姓張的。」

我一聽得「姓張」兩個字，便不禁吸了**一口氣**。如我所料，那對瓷瓶果然是張老頭賣出來的，而那隻打破瓷瓶的老黑貓，也正是張老頭所養的那隻。

「請把他的聯絡方法給我。」我帶點命令的語氣道。

可是，老闆為難地説：「真對不起，他沒有留下任何聯絡方法。他只是每隔兩三天就親自來我這裏一趟，看看花瓶賣了沒有。他剛好兩小時前來過，已經拿了錢走了。」

如果我早兩小時打電話，或許仍能留住張老頭，如今他已經走了兩小時，我現在去追也是追不到了。

「衛先生，到底發生什麼事？那花瓶是賊贓嗎？」老闆緊張地問。

我安慰他，讓他放心，並把花瓶被貓**打碎**了的事告訴他，他立刻「**啊**」地驚叫了一聲。從他的驚叫聲我聽得出他感到很可惜，有點後悔莫及，早知道就不把那麼稀罕的珍品賣給暴發戶了。

古董店老闆嘆氣連連的時候，忽然又想起説：「啊！對了，説到貓，那姓張的，第一次拿着花瓶來找我的時候，手中也抱着一隻**古怪得很**的黑貓。」

加上老闆這句話，那麼花瓶原物主是張老頭，打破花瓶的是他家裏的老黑貓，這點幾乎是**無可置疑**的了。只是我想不明白，那老黑貓為什麼要特地去打碎那一對花瓶呢？而且一隻貓又怎會知道花瓶在什麼地方？

我走到街上散步，希望令自己的頭腦清晰些。由於我專注着思考張老頭和老黑貓的事，沒注意路上狀況，差點**撞到**了正在巡邏的警犬。

那警犬咬牙切齒、目露**兇光**，嚇了我一大跳，因為警犬一般都受過嚴格訓練，不會隨便動怒，雖然我剛才差點撞到牠，但也不至於把我視為敵人。牠的舉動令我非常尷尬，好像我身上藏了毒品一樣，領犬員已經用懷疑的目光，把我全身上下打量了幾遍。

我忽然發現，警犬的目光並非向着我的，而是盯着我的褲管 。

我亦馬上察覺到，我正穿着的長褲，恰巧是那天去暴發戶家所穿的同一條，褲腳邊仍黏着不少貓毛呢。

　　為了證實我的想法，我嘗試做一個實驗，從褲腳邊拈起一小撮貓毛，**撒**在**空中**。

　　那警犬果然馬上盯着空氣中的貓毛，非常激動地**抖**着**身體**，喉頭咕咕作響，卻又不敢吠出聲，因為牠畢竟受過嚴格訓練，不會隨便吠叫和行動。

　　為了再確認我的猜想，我直接把一撮貓毛拿到警犬的鼻尖前，那警犬終於按捺不住，**發狂**似的吠叫起來。

而我卻迅即被領犬員猛力推到一旁，面向着牆壁。

「我懷疑你身上有違禁品，現在要搜身，請你合作！」
領犬員吆喝道。

雖然我有國際警方所發的特別證件，但在這樣的情況
下，我還能不合作嗎？只是他一面牽着狂吠的警犬，一面
要搜我的身，實在有點**手忙腳亂**，我戰戰兢兢地提醒
他：「警察大哥，小心拉好你的狗啊。」

「**警察做事要你教嗎？**」領犬員喝道。

我不敢再刺激他和他的狗，只希望他快點搜完，不要
引來太多人圍觀，而圍觀的人也千萬不要認得我。

「噢，衛斯理！發生什麼事？」背後突然傳來一把聲
音。

「**我的天啊！**」我心裏暗罵了一句。

「警官！剛才警犬對他有激烈反應，所以我懷疑這個人藏着違禁品。」

我聽到領犬員向對方報告，便轉身看看，原來那警官就是傑美。

傑美聽了領犬員的話，忍不住笑了一聲。我知道他在笑什麼，因為我身上有違禁品並不是什麼稀奇的事，為了任務需要，有時我會帶上武器、工具，甚至各種各樣的古怪物品。可是今天我是清白的，身上並沒有任何特別的東西，除了那老黑貓的 🐈貓毛。

我把事情始末告訴了傑美，沒想到傑美也恰巧正為着此案而煩惱。名貴古董被野貓打碎，那根本算不上什麼刑事案件，可暴

發戶就是蠻不講理，堅持報案要警方徹查緝兇，令傑美頭痛不已，頭髮也**鬈曲**起來。

我察覺到這頭警犬對貓的氣味特別靈敏，便向傑美提議讓警犬去追蹤那老黑貓和張老頭的**下落**。傑美也想盡快

了結此事，覺得不妨一試，便吩咐領犬員帶着警犬協助我，傑美則有別的案件要辦。

我和那領犬員帶着警犬來到了暴發戶的家中。

當我們進入那棟大洋房之際，那頭丹麥警犬已現出十分不安的神態來，不住發出「嗚 嗚」的低吠聲。

我向管家說明來意，他知道我們是來查案的，便帶我們到古董間去。

領犬員用力拉着皮帶，想將狗拉起來，可是那頭高大的警犬**伏**在**地上**不肯起來，而牠的低吠聲聽來也非常淒厲。

領犬員大聲呼喝着，雙手一起用力，才勉強將警犬拉了起來。

「奇怪，這是一頭最好的警犬，服從性從來都是第一的，**怎麼今天會這樣？**」

　　那頭警犬被拉得站起來之後，神態極其緊張，愈是接近古董間，牠緊張的神態便愈甚。等到管家打開了古董間的門，牠全身的短毛都**豎起**了，然後一面狂吠，一面疾撲向古董櫥，衝力之大，連領犬員也握不住皮帶，被牠**掙脫**了。

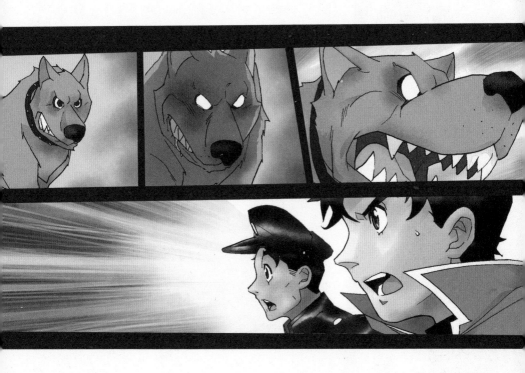

　　我們不禁大吃一驚，尤其那管家更是大聲急叫了起來。因為古董櫥中，還有許多古董陳列着，那頭黑貓只不過**打碎**了一對瓷瓶，但這頭警犬看來會把餘下的都毀掉。我手心不禁捏着一把汗。

　　可是，警犬一撲到了離古董櫥只有呎許的時候，突然伏下來狂吠。緊接又一個轉身，直**撲**到窗前。

　　我記得，那頭大黑貓**打碎**了花瓶後，也是竄到窗台上的，如今警犬也走着相同的路徑，顯然是牠聞到了那頭老黑貓留下來的氣味。

一想到這裏，我叫了一聲：

「**拉住牠！**」

可是，隨着我的叫聲，那警犬突然又是一陣狂吠，自窗口反撲了過來，領犬員想阻截牠，但警犬用力一撲，竟將領犬員撲倒在地，迅速奔了出去。

我們立刻去追，僕人説警犬已從後牆**跳**\\\ **出去**。我們打開後門一看，後門外是一條相當靜僻的街道，但那警犬卻轉眼已**不見** **蹤影**。

「這隻狗平時對貓的氣味也那麼敏感？」我問。

領犬員苦笑道：「沒有，雖然**敏感**，但從來不會這樣，我伙拍牠已經三年了，從沒見過牠像今天那樣！」

「牠一進屋時，神態緊張，像是十分害怕；但後來在古董間又突然掙脫**狂衝**，這表示了什麼？」我疑惑地問。

「這一類狼狗，極其勇敢，就算面對着一頭猛虎也敢搏鬥。我想，牠開始時並非害怕，只是不敢輕敵！」領犬員又嘆了一聲，「算了，這頭警犬受過良好訓練，牠會自己回來的。真對不起，**要不要另外找一頭來試試？**」

我也嘆了一聲：「不必了！」

怎料第二天，我接到傑美的電話，他開門見山地說：「衛斯理，要不要來看看昨天那頭警犬？」

　　我覺得他這話説得有點奇怪，便反問道：「牠帶回來一些線索嗎？」

「牠死了！」

第七章

狗中霸王

　　我來到警局化驗室的冷藏庫，昨天的領犬員拉開了一個長櫃，我一看就不禁呆住了！

　　「有人在一條巷子中發現了牠，我們將牠弄回來的。」傑美説。

　　那是一頭十分巨大的死狗，遍體是**血**，全身都被抓破，**抓痕**又細又長，而且入肉極深，有的甚至深可見骨！

那樣細、長、深的抓痕，決不會是什麼大的猛獸抓出來的，一看到那樣的抓痕，自然使人聯想到貓的利爪！

我深吸了一口氣：

「是貓🐱！」

傑美點了點頭：

「是貓的爪，但是，一頭超過一百磅重，受過嚴格訓練的警犬，有可能給一隻貓抓死嗎？」

我苦笑了一下，想起那次偷進張老頭的住所，那頭大黑貓偷襲我的情形，又想起暴發戶臉上的**抓痕**，只要移近半吋，只怕連他的眼球都會被抓出來！

我喃喃地道：「**別的貓或者不能，但是那頭大黑貓卻可以。**」

　　傑美嘆了**一口氣**，苦着臉說：「原本只是一宗發現貓內臟的案件，但經你插手後，如今已經有古董被毀、富豪受傷、警犬殉職，不但沒有幫上忙，還不斷徒添新的案件。」

　　看見傑美的爆炸頭，我也十分同情他，於是安慰他說：「請放心，我一定會幫你破案的。如今我已證實狗的嗅覺能找出那老黑貓，只要再派一頭警犬——」

話未說完，傑美已一口拒絕：「**不行！**我們不忍心再讓警犬作無謂**犧牲**了。而且如果接連有警犬殉職或受傷的話，傳媒一定會大做文章的。」

我很理解傑美和那位領犬員的感受，所以也不勉強他們，只好自己去想辦法。

我明白到那老黑貓太強悍了，必須找一頭更厲害的狗，才有勝算。

可是我去哪裏找一頭比警犬還要**兇悍**的狗呢？

其實我知道哪裏有這樣的狗，只是我不想去那個地方，不想找那個人而已。

他就是我的**狗癡朋友老陳**。

我不想找他的原因，並不是我們結了什麼仇怨，而是他的家實在比**鬼屋**還要可怕十倍，但為了追查老黑貓的下

落，我也不得不硬着頭皮去拜訪老陳一趟了。

我這位朋友承繼了大筆遺產後，生活過得極好，一生除了養狗之外，沒有別的嗜好。他的衣着**破舊**得像流浪漢，但手中所牽的狗，卻全是舉世聞名的好種，貴族富豪也未必養得到。

我開車來到新界一棟極大的花園洋房，車子才停在鐵閘外，就聽到從屋內、前花園、後花園、車庫、倉庫等等四面八方傳來**震耳欲聾**的吠叫聲，我敢肯定這比侏羅記公園裏的恐龍叫聲還可怕。

我下車按門鈴，過了幾分鐘，衣衫襤褸的老陳帶着燦爛笑容來為我開門，「稀客來了，歡迎歡迎！」

只見十多頭最驍勇善戰的守門惡犬已經簇擁在鐵閘後面，**張牙舞爪**，等待着噬咬入侵者來立功。

就在老陳要打開鐵閘的時候，我連忙喝止他：「**等等！你不先把狗綁起來嗎？**」

他大笑：「哈哈，你開玩笑吧，你知不知道我這裏面養了多少隻狗？要把牠們全綁起來，恐怕**太陽** 都已經下山了。」

「那至少也綁着這幾隻吧！」我指着鐵閘後面那群非常不友善的守門犬説。

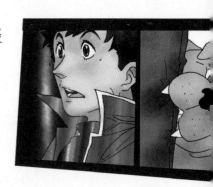

「牠們不咬人的。」老陳輕描淡寫地邊説邊打開了鐵閘。

我立刻感覺到雙腿被幾副利齒咬住不放。我指着自己的雙腿向老陳抗議，老陳居然説：「牠們也咬不痛啊，跟你玩而已。」

但事實上，我是已經痛得發不出聲來。

我忍着痛楚，兩條腿各拖着四五隻守門犬，跟隨老陳進入屋子裏。這時

老陳才逐一稱讚牠們「好孩子」，將牠們從我的腿上解開來。

「請坐吧。」

他招呼我坐到沙發上，我故意在他面前搖晃着那雙已經被咬得千瘡百孔的牛仔褲褲管。

　　他笑了笑，「哈哈，守門的狗是兇了些，但屋裏的狗卻很友善熱情的。」

　　話音剛落，屋裏的小狗們便蜂擁而至，熱情地撲到我身上，不斷舔着我。牠們雖然是狗，卻好像**蒼蠅**一樣，爬滿我的身體，後來者還不斷尋找空隙鑽進來，我感覺自己就好像一坨新鮮的⋯⋯唉。

　　「你特意來找我，有什麼事嗎？」老陳問。

我的雙手必須不停**擋　開**熱情的小狗，才能伸出頭來回答他：「我想向你借一隻狗。」

老陳很驚喜，「噢，你終於決定養狗了！很好啊，你喜歡什麼狗，隨便選一隻，我教你怎麼養。」

「不。」我連忙澄清，「我只是借來一用，要最兇惡善鬥的。」

他呆了一呆，笑道：「怎麼了？是不是受鄰居的惡狗欺負，**想報仇？**」

我搖頭道：「不是，是受了一隻貓的欺負。」

老陳又呆了一呆，「你在跟我開玩笑吧？」

「一點也不，老陳，這隻貓已經抓死了警方一頭丹麥

狼狗，那丹麥狼狗人立起來，比我還**高**！」

我才講到這裏，老陳忽然驚叫了起來：

「老湯，你說的是老湯？」

「是啊，你知道這頭狗？」我説。

老陳不安地來回走着：「這頭

狗，是我送給警方的，怎麼牠居然

給一隻貓抓死了？這……不可能

吧，**牠勇敢兇猛得可以鬥一頭獅子！**」

接着，我便將事情經過向他約略説了一遍，然後説：

「所以，我來向你借一頭狗，能夠對付那

隻貓的！」

老陳嚴肅地想了片刻説：「照這樣

的情形看來，只有派**老布**出馬了。」

怎料老陳一説出「老布」這兩個字，我身上的蒼蠅，啊不，是小狗們，就馬上**驚恐**地散去了。

「跟我來吧。」老陳説。

我帶着渾身的狗口水，跟隨老陳來到花園，又遇到剛才那些咬我雙腿的兇猛守門犬。

「老布在這裏嗎？」我問老陳，還特意把「老布」兩個字説得清晰響亮。

那些守門犬一聽到「老布」兩個字，就如**驚弓之鳥**般溜走了。

我愈來愈相信老陳的話，老布縱使不是全世界最兇猛善鬥的狗，也必然是全亞洲最善鬥的狗了。

「老布不在這裏，老布和那些狗不一樣，你跟我來！」

老陳一面説，一面向外走去，走過一列久未修剪的矮冬青樹。説也奇怪，老陳家裏至少養了幾十至一百頭狗，可是在這一大片的 草地 上，卻沒看見半隻狗在流連玩耍或歇息。

我心中暗自稱奇，我們又走出了十來碼，老陳忽然指着前面的一個土墩説：「**老布在那裏！**」

我循他所指看去，那是個小土墩，我還以為老布正躲在小土墩後面歇息着，怎料那「小土墩」忽然動了起來，我這才看出，**那是一頭狗** ！

而牠當然就是老陳口中所説的狗中霸王——老布。

第八章

　　這頭狗不像其他狗那樣，一見主人，就搖尾狂吠，牠只是懶洋洋地站了起來。這時，我才看出牠之所以不搖尾的原因，是因為牠**根本沒有尾巴**。牠全身像是沒有毛一樣，只有**土褐色**、打着疊起着皺、**粗糙**的皮膚，身子粗而短，腿也是一樣，頭極大，臉上的皮一層一層打着褶，口中發出一陣嗚嗚的低吠聲，形狀之醜，實在是無以復加！

我不禁失聲道：「**牠就是老布？**」

「嗯！」老陳自豪地說：「這是全世界最美麗最勇敢的狗，牠可以打得過一頭野牛，這種美麗的純種狗，世界上不會超過十隻！」

這時，老布正**搖搖擺擺**，看來很遲鈍地向前走來，我伸手想摸摸牠那全是打褶皺紋的頭皮，可是老陳立時拉住了我的手：「別碰牠，牠的脾氣有點差。」

看他如此緊張，好像我稍碰到老布，手也會被啃掉一樣，我心裏有點**不寒而慄**，連忙縮回了手來。

老陳從一個箱子裏取出了一根很**粗**的牛腿骨來，蹲下身，將骨遞給老布，「老布，表現你的牙力給客人看看！」

老布低吠着，突然一張口，咬住了牛骨，只聽得一陣「**格格**」的骨頭碎裂聲，那根比人手臂還粗的牛骨，在老布短得幾乎看不見的牙齒之下，碎裂得像是**雞蛋殼**一樣！

我不禁吸了一口氣：「好了，我相信牠的能力。但是，牠的脾氣不好，我怎能帶牠出去辦事？」

「所以你必須謹記我接下來說的每句話。你要把老布當作朋友，牠的性格很特別，決不喜歡人家呼來喝去，遇到了強敵，牠也不會大驚小怪，牠是真正的**高手**，有高手風範，和別的狗完全不同！」

平時聽到這樣的話，我必定捧腹大笑，但如今我卻不敢有任何**刺激**老布的舉動。

老陳示意我也蹲下身子來，這時，老布掀着鼻子，像是在嗅着我，但是卻並不接近我。

老陳握着我的手臂，將我的手放在牠的頭上，我接觸到了牠的皮膚，只覺得牠短而密的毛像**鋼刺**一樣扎手。

老布伏了下來，被我撫摸了兩下，老陳拍着牠的頭說：「老布，他要請你去對付一個兇惡的敵人，**你要盡力！**」

老布又低吠了幾聲，牠的吠叫聲，是從喉間發出來的，聽來極其**低沉**。老陳說：「好了，你可以帶牠走了！」

「這樣就可以了嗎？」我半信半疑地問。

老陳點點頭。

可是老布那又**粗**又**短**的頸上並沒有項圈，我不知道如何帶牠走，老陳看出了我的難處，笑道：「我早就說過了，牠和別的狗不同，牠不要皮帶，你走到哪裏，牠會一直在你身邊跟着，但謹記，牠的脾氣還是不好，別讓別人碰到牠的身子，尤其是頭部。」

　　我知道這絕不是泛泛的警告，是以緊記在心中。老陳和我站了起來，一起向外走去。老布挪動身子，跟在後面，樣子看起來有些**遲鈍**。

　　我們一直來到了花園的門口，我忍不住説：「老陳，老布要去對付的那頭貓，十分**古怪**，要是老布有了什麼不測，那怎麼辦？」

　　老陳怒道：「胡説，老布打得過一頭飢餓的老虎！」

　　我搖頭道：「萬一呢？」

　　老布好像也聽懂我的話一樣，跟老陳一起用憤怒的眼神盯着我。

我心頭一**震**，馬上識趣地説：「我深信老布能戰勝任何強敵！」

我開車帶着老布來到那頭警犬屍體被發現的地點。那是一條巷子，我在巷口停了車。老布跟着我下了車，**靠**在我的身邊，我知道狗屍是在巷子的盡頭處發現的，是以我向巷中走去，一面注意着老布的神態。

在剛一下車的時候，老布並沒有什麼異樣，可是才一走進巷子幾步，老布忽然**蹲了下來**。我繼續向前走了幾步，不見牠跟上來，就停下來等牠。

當我轉過頭去看牠時，發現**老布的形體整個變了！**

老布身上的皮，粗糙而打着疊，本來鬆鬆地掛在身上，看起來樣子很奇特。但是，現在全身的皮都變得光滑無比，身體好像充了氣一樣。

大牠站着，身子看來**大**了許多，神態威猛，一雙眼睛直視着巷子的盡頭，我循着牠的視線向前望去，巷子的盡頭除了堆着幾個木箱之外，卻沒有別的東西。

而就在這時，老布行動了，牠開始一步一步向前走去。

我等牠在我身邊走過，就跟在牠的後面。

走到離巷子盡頭那些箱子約七八碼處，牠突然停了下來，發出一陣**驚人**的吠叫聲。

　　我還是第一次聽到老布的吠叫聲，牠的吠叫聲如此響亮而突然，嚇了我一大跳。在我不知所措之際，牠整個身子已經**彈**‖‖‖了起來，以極高的速度，向前撲去。

　　牠的目標顯然是那些大木箱，相隔還有七八碼左右，一撲就到，吠聲也更急。而此時，

只聽得

　　　　　　　　　　　　　　　　　　　　大木箱中傳出一聲

貓叫，也撲出了一隻大黑貓來。

　　老布的動作快，那隻大黑貓的動作更快，我根本無法看清老布和大黑貓交手的「第一招」是如何的情形。

　　但是，在貓叫和狗吠聲交雜中，第一個回合，顯然是老布吃了虧。

因為我看到大黑貓一個**翻滾**，向外滾了開去，老布的背脊上已多了一道**血痕**，

那大黑貓

的貓爪是如此 **銳利** ，一爪

劃過，在老布粗糙的皮上，抓出了一道一呎來長，足有半吋深的抓痕。

可是老布卻像全然未覺一樣，大黑貓才一滾開來，老布立時一個轉身向前撲出，張開口就咬。老布的口是真正的血

盆大口，我真有點奇怪何以老布的顎骨可以作近乎一百八十度的張開，大黑貓的利爪又抓出，可是老布已經一口咬了下去。

眼看那頭大黑貓這次非吃虧不可了，我看，牠的一條腿，非被老布一口咬了下來不可，但是大黑貓就在那一剎那間，一個**打滾**，在老布的頭前，滾了過去，利爪過處，老布的臉上又着了一下重的，鮮血灑在牆上。

這一下，老布也似乎沉不住氣了，一揚前爪，「**啪**」地一聲，一爪擊在老貓的身上，擊得貓兒又**打了一個滾**，發出了一下極難聽的叫聲。

而老布雖然身上已有兩處傷痕，但牠的動作只有更快，趁勢疾撲而上。黑貓正在翻滾，已被老布直撲了上去，黑貓翻過身來，貓爪向老布的腹際亂劃，只見老布的腹際**血如泉湧**。

可是，老布卻也在這時咬住了黑貓的頭。

老布是世界上最好的狗，這一點，我直到這時候，才算是體會到。

在那樣的情形下，老布咬住了貓頭，卻並不是一口就將貓頭咬了下來，而是微抬起頭，向我望來。要知道，這時貓爪仍在老布的腹際**亂抓**，看來利爪快要將老布的肚子剖了開來！

我急忙奔了過去，黑貓的頭全在老布的口中，頸在外面，我一把**用力**抓住了黑貓頸皮，老布立時鬆了口，我將

那隻大黑貓提了起來。即使大黑貓再兇，頸際的皮被我緊緊抓住，利爪便抓不到我的身上，無力再反抗。我心裏暗喜：「**終於把你抓住了！**」

第九章

黑貓下戰書

雖然老布協助我抓住了老黑貓，可是牠自己也奮戰重傷，只見牠發出一陣低吠聲，向前走了幾步，便**倒**了下來，**淌了一地血**。

我不禁慌了手腳，老布如果得不到搶救，一定會流血過多而死，也是直到牠倒了下來，我才看到牠腹際的傷痕是多麼深、多麼可怕。

111

我必須盡快把老布送去獸醫院，於是我單手掏出了手機，嘗試報警求助。但說來也奇怪，我剛把手機拿出來的時候，屏幕上顯示的訊號還是很**強**的，可當我要打出電話之際，訊號就好像立時受到了 **嚴重干擾** 一樣，手機完全接收不到訊號，連緊急電話也打不出去，很不尋常。雖然說起來有點匪夷所思，但我總覺得這是黑貓作的怪。

我立刻看看四周，發現這裏周圍沒有半個**人影**，想老布活過來的話，就只有我親自開車送牠去獸醫院了。

可是我一隻手仍然緊緊地抓着那頭大黑貓的頸皮，大黑貓發出可怕的叫聲，拚命**掙扎**着，力道很大，我使盡全力才不致讓牠掙脫。

我必須把手上這大黑貓先 **困** 住，才可以開車送老布去獸醫院，可是舉目四望，都沒有 **鐵籠** 、**繩子** 之類的東西，雖然巷子盡頭有幾個木箱，對付普通的小貓，用木箱

罩住或許管用，但對付這頭異常兇惡的大黑貓，那只是個笑話。

我心念一轉，想到了可以把黑貓鎖進車子的行李箱中，於是急急走到車尾，單手打開了行李箱。

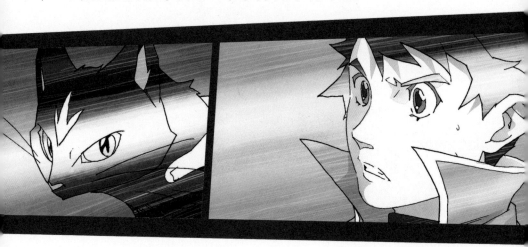

正當我想把黑貓扔進去的時候，我察覺到黑貓的臉容有異，好像泛起了一絲笑意。我立刻停住動作，心裏不禁躊躇了起來。只見那黑貓也轉過頭來望着我，神情充滿着自信和高傲，目光銳利，緊緊地盯着我雙眼，

好像對我下戰書一樣。我甚至感覺到牠的潛台詞在

說：「你要把我放進行李箱再關上蓋嗎？期間哪怕只

有半秒的 **間 隙**，我也能竄逃出來。」

　　沒錯，雖然牠說不出話，但我幾可肯定，牠是

在**挑戰**我。

　　我一向對自己的身手滿有信心，可是面對這頭兇惡敏捷的大黑貓，我的自信心也開始**動搖**了。我真的可以將黑貓放進去，然後從容地合上行李箱蓋，把牠**困**在裏面嗎？

　　當然，我的動作可以快到半秒鐘就完成，但是，只要有半秒鐘的空隙，那頭黑貓就可能**逃走了**。原本還在拚命掙扎的黑貓，此刻卻顯得氣定神閒、神態自若，因為牠已經看通了整個棋局：老布正重傷**流血**，我一定要送老布去獸醫院，可是出發之前，我又必須先把這黑貓關起來，而目前唯一可用的工具就是車尾的行李箱了。

　　所以黑貓清楚知道，我只有一步棋可走，就是把牠扔進車子的行李箱裏。可是在關上箱蓋的過程中，無可避免會有短暫的**間隙**，哪怕是一秒、半秒，或是十分一秒，我和黑貓就在那一瞬間比速度、決勝負。

每耽擱一分鐘，老布活命的機會也**隨**之**遞**減。我不能再猶豫了，就跟黑貓決勝負吧！

我渾身上下抖了抖，甩了甩，先把全身關節鬆開，接着左手抓定了行李箱的蓋，右手將黑貓提起，出其不意地猛力**向下一摔**，五指鬆開，老黑貓被我結結實實地摔在行李箱中，而我的左手以迅雷不及掩耳的速度向下一沉，「**砰**」地一聲，行李箱蓋蓋上了，我雙手的動作，配合得十分好，相差不會超過十分之一秒。

我自信在這場比拚中可以贏了，但是，我還是太低估了那隻黑貓。因為在行李箱蓋「**砰**」地蓋上之前的一刹那，黑貓一面發出可怕的聲音，一面已經向外**竄**了出去。

當我看到一團黑影從車尾箱中竄出來，我便知道自己落敗了，我輸給了那頭老黑貓！雖然我的表現已經無懈可

擊，但哪會想到十分之一秒的時間已足夠讓黑貓逃去。

不過，我很快就發現，黑貓仍然在行李箱上，正在發出一陣可怕的鳴叫聲和爬搔聲，牠的利爪過處，車身上的**噴漆**一條一條被**抓**了下來，黑貓全身的毛聳起，眼睛張得老大，那情形真是可怕極了。

初時我還弄不清那是怎麼一回事，後來看清楚才發現，原來牠的尾巴被**夾**在行李箱蓋之下！

那麼我並沒有輸，但也不算贏，我跟黑貓的決鬥，只能算是個 **和局** 吧。

這時，牠竭力掙扎着，牠的**利爪**抓在車身上，發出極其可怕的聲音來。

我該怎麼辦？我不能任由牠的尾巴夾在行李箱蓋之下而駕車走，但我也沒有法子再打開行李箱蓋來，因為一打開箱蓋，牠一定**逃走！**

我呆了約半分鐘也下不了決定，但接下來發生的事情，令我對那老黑貓深深佩服，徹底認輸了。

　　黑貓發出了一下尖銳至極，令我畢生難忘的**慘叫聲**，然後帶着一蓬鮮血，直竄而去。原來牠果斷地壯士斷臂，扯斷了貓尾逃去！

　　牠的大半截尾巴仍然夾在行李箱蓋之下，那**一大蓬鮮血**，是牠掙斷了尾巴的時候冒出來的。

　　費了那麼大的勁，我的目的就是希望能夠捉到這頭老貓，從老貓的身上，再引出牠的主人張老頭來解釋那一連串不可思議的事。

　　可是現在，鬧得老布受了**重傷**，我卻仍然未曾得到那頭貓。如果勉強要說我有收穫的話，那麼，我的收穫就是壓在行李箱蓋下的那截貓尾了。

　　時間不允許我再多想了，我立刻把老布抬上車，然後**飛快**地駕車前往獸醫院去。

第十章

隱藏 着 驚人 秘密 的貓尾

車子到了獸醫院，我馬上把老布抬進去。獸醫看到老布的情況，不禁激動地喊叫了一聲，趕忙安排為牠急救。

那是一位會説中文的洋人獸醫，他一邊為老布急救，一邊痛罵我：「你怎樣照顧寵物的？**怎會讓牠傷得這麼重？**」

我本來可以向他解釋那不是我的狗，傷得那樣重是因為牠剛打了一場精彩的世紀大戰，牠是帶着榮譽而**倒下**的。

　　可我還是選擇什麼都不說，因為此刻最要緊的是把老

布救活，其他一切都不重要。我的解釋

只會令獸醫如入迷霧之中，愈聽

愈困惑，影響他的救護工作。

　　是以獸醫一直罵，我就一直

唯唯諾諾，忙賠不

是。我一點也不介意，因為獸醫表

現得愈激動，就愈代表他是個愛護

動物的人，他一定會拚盡全力救活

老布的。

　　罵了一個多小時後，獸醫終於替老

布 **縫好** 了傷口，完成了救治。只見老布*躺*着，一動也

不動，我走到牠的身邊，牠只是微微睜開眼。

　　我問獸醫：「牠能活嗎？」

獸醫好像還沒罵夠，吆喝道：「你也會關心牠死活麼？如果你傷得那麼重，肯定不能活了，但是狗可能活着，動物的**生命力**大都比人強得多，不過現在我還不能肯定，至少要過三天，才能斷言。」

獸醫望着我，望了片刻，臉上現出極度疑惑的神色問：「這是一頭極好的**戰鬥狗**，是什麼東西能令牠傷成那樣的？牠好像和一頭黑豹打過架一樣。」

我苦笑道：「牠和一隻黑貓打過架。」

「黑貓？」獸醫呆了一呆，緊張地追問：「什麼品種的黑貓？這狗都傷成這樣了，那黑貓現在怎麼樣？」

為免惹來更多麻煩，我不敢如實答他，便支開了話題：「其實這頭狗不是我的，我已經通知牠的主人趕來。」

一說曹操，曹操就到。只見老陳氣急敗壞地闖了進來，緊張地喊道：**「老布牠現在怎樣了？」**

獸醫不厭其煩地向老陳從頭再罵一遍：「你怎樣照顧寵物的？怎會讓牠傷得這樣重？」

又罵了近一個小時，老陳總算從獸醫口中弄清楚老布的情況。我向老陳道歉，老陳心情**惡劣**，揮手道：「你管你的去吧，這裏沒有你的事了。」

我嘆了一聲，知道再留在這裏也沒有用。是以我走了出來，上了車子，呆坐了片刻，才想起車尾箱裏還有一截**貓尾巴**。

這隻大黑貓既然如此怪異，我有了牠的一截斷尾，或許可以化驗出什麼來。警方有着完善的**化驗室**，我自然要去找一找傑美。不過細想之下，我原本是想幫他解決那貓內臟案件的，如今卻已經為他生出了許許多多麻煩的**枝節**，實在不敢再刺激他了，於是我決定去光顧另一家私人化驗所。

那化驗所的人員看到我提着半截貓尾來，要求作最**詳盡**的化驗，也不禁覺得奇怪，但是他們的服務態度極好，接受了我的要求，並且答應盡快將結果告訴我。

我心中對老陳仍十分愧疚，忍不住致電給他，求他原諒：「老陳，真的很對不起。我明知道那黑貓如此**兇殘**，還向你借狗，是我太疏忽了。我知道無論我做什麼也補償不了對你的傷害，但

如果你有什麼需要幫忙的話，即管跟我説，我一定會盡力
而為的。」

　　沒想到老陳對我説：「這兩天
我要留在獸醫院裏，日夜不離陪着
老布度過**危險期**，你代我照顧
家裏那些狗兩天吧。」

　　我聞言呆在當場，非常後
悔打了這通電話，嘴唇抖動着
説：「**好……的……**」

　　在接下來的兩天，我真可
以説是苦不堪言。但誰叫老布的
受傷是因我而起，這個任務雖然討厭，但是我卻也義無
反顧。

一直到第三天，老陳才回來，他神情**憔悴**，但是精神倒還好，因為老布已經度過了危險期。

我回到家中，足足沐浴了大半小時，才倦極而睡。一直到天黑，聽到了手機鈴聲　，才朦朦朧朧地醒來，只見白素正站在我的身邊，幫我回答來電：「是化驗所嗎？他正在睡覺——」

我聞言立時倦意全消，**翻身**坐了起來，把手機搶回來說：「我是衛斯理，有什麼特別的結果？」

那負責人像是有什麼難言之隱一樣，並沒有立時回答我的問題，支支吾吾了好半晌，才道：「我們已證明，那是一頭埃及貓，不過，你最好來一趟。」

「有什麼特別？」我追問。

那負責人堅持道：「電話中很難說得明白，你最好來一趟，我們還要給你看一些東西。」

　　我心中十分疑惑，不知道他們究竟發現了什麼，但可以肯定那必然是極其古怪的事，我**二話不說**就動身出發了。

　　化驗所的負責人帶我進入化驗室，他對我説：「我們以前也作過不少動物的化驗，大多數是狗，你知道，動物的年齡，可以從牠骨骼的生長狀況中得知。」

　　我點頭道：「我知道。」

　　負責人帶我到一張枱前，枱上有一具顯微鏡，他亮了燈説：「請你看一看。」

　　我俯首去看那具顯微鏡，看到了一片**灰白色**，有許多**孔洞**，結構很奇特的東西。我一面看一面問：「這是什麼？」

「這是一頭狗的骨骼鈣組織切片，這頭狗的年齡，是十七歲，骨骼的鈣化，到了相當緊密的程度，沒有比較，或者你還不容易明白。」

負責人換了一個切片：「這是十歲的狗。」

我繼續看着，一眼就看出了它們之間的不同，鈣組織的緊密度有着顯着的分野。

「你想叫我明白什麼？」我問。

負責人又替我換了切片：「請看！」

我再湊眼去看，看到的仍是一片灰白，我知道，那仍然是動物骨骼鈣組織的切片，可是，那灰白的一片中間卻一點 **間 隙** 也沒有，非但沒有一點空隙，而且，組織 **重疊** ，一層蓋着一層，緊密無比。

「這一定是年紀很大的動物了！」 我說。

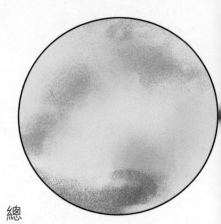

負責人望着我：「這就是你拿來的那半截貓尾的骨骼鈣組織切片。」

我呆了一呆，感到很興奮，總算有了多少發現，我問道：「那麼，這貓年紀有多大？」

負責人的臉上現出十分**古怪**的神色來，他先苦笑了一下，才道：「兩天前我已經發現了這切片與眾不同，曾請教過另外幾位專家。」

我感到很不耐煩，打斷了他的話頭，「這頭貓，究竟多**老**了？」

負責人揮了揮手：「你聽我講下去，其中一位專家藏有一片鷹嘴龜的骨骼鈣組織切片標本，那頭鷹嘴龜是現時所知世界上壽命最長的生物之一，被證明已經活了**四百二十年**。」

我聽到了「四百二十年」這個數字，馬上呆住了。從他的口氣聽來，似乎這頭黑貓和活了四百二十年的鷹嘴龜差不多，這實在是不可能的。

　　然而，**我還是想錯了！**

　　負責人的笑容更苦澀，他繼續道：「可是，和貓尾骨的切片相比較，證明這隻貓活着的時間更長，至少超過四倍以上。」

　　我張大了口，戰戰兢兢地問：「你是説⋯⋯這隻貓⋯⋯已經超過一千歲？」

　　「一千歲，已是最保守的估計了。如果單就骨骼鈣組織切片的比較，那黑貓應該**超過三千歲**。」

卻步

李同要上去跟對方理論，可是才下床穿了拖鞋，看到鏡子中自己那副瘦弱的身軀時，就馬上**卻步**了。

意思：退縮，躲閃後退。

卑躬屈膝

李同十分驚恐，正想**卑躬屈膝**向對方道歉求情的時候，門外的老頭子卻快一步說話了。

意思：「卑躬」是指低頭彎腰，「屈膝」指下跪，通常是形容人沒有骨氣，低聲下氣地討好奉承。

揶揄

我忍不住笑了笑，故意**揶揄**他們：「我覺得你們的想像力太薄弱了，我至少可以想出一百種可能。」

意思：取笑，戲弄，嘲笑。

薛定諤貓

是奧地利物理學者薛定諤在1935年提出的一個思想實驗，用來探討應用量子力學的問題。

忍俊不禁

我們望向傑美，發現他的頭髮已鬈曲得像爆炸頭一樣，大家既同情又**忍俊不禁**，顯然是我說的話令到他頭昏腦脹，十分煩惱。

意思：「忍俊」即是忍笑，「不禁」是指控制不了，整個成語的解釋就是忍不住笑了出來。

縈繞不散

當然，我不是聽到他那煩人的敲打聲，而是張老頭這案子的各種疑團在我腦海中**縈繞不散**，勾起了我的好奇心，使我很想立刻知道真相。

意思：比喻聲音、想法等持續很長時間，久久不散。

無所遁形

只要張老頭一打開廁所的門，那老黑貓必定會向我撲來的，到時我就**無所遁形**了。

意思：即是沒有地方可以隱藏身影。

匪夷所思

雖然有點**匪夷所思**，但我頗相信是老黑貓告訴張老頭有人在屋裏的。

意思：想法離奇，超出尋常。

前功盡廢

可恨的是，我千辛萬苦終於把張老頭的事忘記，現在卻因為看到一個小木箱而**前功盡廢**了。

意思：之前做過的努力都白費了。

面面相覷

他那一句話才出口，就聽到古董間內傳出瓷器的碎裂聲，一時之間，人人**面面相覷**、目瞪口呆。

意思：即是你看我，我看你，因為驚懼或無奈而互相對望，一句話都不説。

後悔莫及

從他的驚叫聲我聽得出他感到很可惜，有點**後悔莫及**，早知道就不把那麼稀罕的珍品賣給暴發戶了。

意思：指事後後悔也來不及了。

衣衫襤褸

我下車按門鈴，過了幾分鐘，**衣衫襤褸**的老陳帶着燦爛笑容來為我開門。

意思：衣著破舊，布料破爛不堪。

不寒而慄

看他如此緊張，好像我稍碰到老布，手也會被啃掉一樣，我心裏有點**不寒而慄**，連忙縮回了手來。

意思：因為心中害怕恐懼而發抖。

唯唯諾諾

是以獸醫一直罵，我就一直**唯唯諾諾**，忙賠不是。

意思：一味順從、附和別人的意見，自己就沒有主見。

義無反顧

但誰叫老布的受傷是因我而起，這個任務雖然討厭，但是我卻也**義無反顧**。

意思：即是為了正義而勇往直前，絕不回頭。

支支吾吾

那負責人像是有什麼難言之隱一樣，並沒有立時回答我的問題，**支支吾吾**了好半晌。

意思：指說話時吞吞吐吐，含混躲閃。

衛斯理系列 少年版

老貓 上

作　　　者：衛斯理（倪匡）

文 字 整 理：耿啟文

繪　　　畫：余遠鍠

出 版 經 理：林瑞芳

責 任 編 輯：蔡靜賢

封 面 設 計：Chili

美 術 設 計：BeHi The Scene

出　　　版：明窗出版社

發　　　行：明報出版社有限公司

　　　　　　香港柴灣嘉業街 18 號

　　　　　　明報工業中心 A 座 15 樓

電　　　話：2595 3215

傳　　　真：2898 2646

網　　　址：http://books.mingpao.com/

電 子 郵 箱：mpp@mingpao.com

版　　　次：二〇一八年十月初版

　　　　　　二〇一九年六月第二版

　　　　　　二〇一九年七月第三版

　　　　　　二〇二〇年七月第四版

I S B N：978-988-8525-09-6

承　　　印：美雅印刷製本有限公司